D1720436

DAS FRÄULEIN VON SHALOTT

DAS FRÄULEIN VON SHALOTT

Nach der Verserzählung von Alfred Lord Tennyson
Deutsch von Käthe und Günter Leupold
Bilder von Bernadette Watts

Peters-Bilderbuch

Über die goldgelben Gerstenfelder zu beiden Ufern des Flusses streicht der Wind,
und die wogenden Ähren leuchten im Schein der Sonne, die von Zeit zu Zeit durch
die drohenden Wolken bricht. Mitten durch die Felder führt die Straße nach Camelot,
der türmereichen Stadt, wo König Artus mit den Rittern seiner Tafelrunde Hof hält.
Die Schnitter sind dabei, die Ernte einzubringen, und wenn sie sich einmal einen
Augenblick lang von der Arbeit ausruhen, schauen sie hinüber zum Fluß und zu der
von herrlichen Wasserlilien gesäumten Insel von Shalott.

Die Insel gleicht einem Blumenmeer, aus dem sich hier und da schimmernde Weiden und bebende Espen emporrecken. Doch inmitten all dieser Blütenpracht erhebt sich ein düsteres Gemäuer mit vier trutzigen Türmen, die bis hinauf zu den finsteren Wolken zu ragen scheinen. Das ist die Burg des Fräuleins von Shalott.

Doch wann immer die Leute, die zu Wasser
und zu Lande nach Camelot ziehen, zu der
Burg hinüberschauen, nie erblicken sie
ein menschliches Wesen auf den Türmen
oder in den Fensterhöhlen der dunklen
Mauern. Nur die Schnitter auf den Feldern
vernehmen manchmal von ferne Gesang,
und es ist die Stimme einer Frau, die hell und
klar an ihr Ohr dringt, aber nie bekommen
sie die Frau selbst zu sehen. Wenn die
Schnitter im Mondlicht die letzten Garben
aufstellen, erklingt das Lied so seltsam und
berückend, daß sie einander erschauernd
zuflüstern: »Das ist das geheimnisvolle
Fräulein von Shalott.«

Dort in ihrer düsteren Burg auf der Insel im
Fluß führt das Fräulein von Shalott ein welt-
abgeschiedenes, einsames Dasein. Tag und
Nacht sitzt sie in ihrem Gemach hoch oben in
einem der Türme an ihrem Webstuhl und webt
an einem farbenprächtigen, riesigen Schleier.
Tagaus, tagein webt sie ohne Rast und Ruh
und wagt es nicht, auf das zinnenbewehrte
Camelot hinauszuschauen, aus Angst, daß sich
ein Fluch erfüllt, der ihr auferlegt wurde.

An der Wand hinter dem Webstuhl hängt ein
Spiegel, in dessen bläulich schimmerndem
Rund sie das Leben und Treiben außerhalb
ihres düsteren Gemäuers erkennen kann.
Im Spiegel sieht sie die Straße nach Camelot,
die sich durch die Felder zieht, und die Wasser
des Flusses, die wirbelnd an ihrer Insel
vorüberrauschen. Sie sieht die Bauernmädchen
in roten Gewändern mit ihren Waren zum
Markte wandern und den lockenköpfigen
Hirtenjungen des Schäfers, der auf seiner Flöte
muntere Weisen spielt. Sie sieht Ritter in
schimmernder Rüstung auf feurigen Rossen
zu König Artus nach Camelot reiten, und von
ihrer Helmzier flattern die Bänder schöner
Frauen, zu deren Ehren sie im Turnier die
Lanzen brechen. Aber kein einziger ist unter
ihnen, der ihr dient, der ihre Farben trägt,
die Farben des Fräuleins von Shalott.

Alles, was sie in dem Spiegel von der fröhlichen Welt
dort draußen erspäht, webt sie in ihren prächtigen
Schleier hinein, selbst den Leichenzug, der durch die
Stille der Nacht im Fackelschein vorüberzieht.

Doch wenn der Mond hoch am Himmel steht und sie
in ihrem Spiegel ein junges Liebespaar erblickt,
dann seufzt das Fräulein von Shalott vor Herzeleid,
weil sie an all dem Leben und Treiben keinen Anteil hat.

Eines Tages, als die Sonne vom Himmel herniederbrennt und ihr goldenes Licht
über die Garben des Getreides ergießt, erblickt sie hoch zu Roß in schimmernder
Rüstung den edlen Ritter Lanzelot, den kühnsten der Helden aus König Artus'
Tafelrunde. Nur einen Pfeilschuß weit von ihr entfernt reitet er an der Burg von
Shalott vorüber. Auf seinem Schild ist das Abbild eines Ritters, der vor einer edlen
Dame kniet.

Das Zaumzeug des feurigen Rosses ist besteckt mit
Edelsteinen, die funkelnd ihr Licht versprühen,
und Glöckchen erklingen hell am Zügel, als Ritter
Lanzelot auf der Straße nach Camelot vorüber-
sprengt. Am Gürtel trägt er ein mächtiges Silber-
horn, das zum Galopp der Hufe dröhnend gegen die
Rüstung schlägt.

Im bläulichen Rund des Spiegels sieht das Fräulein von Shalott den herrlichsten aller Ritter. Das Licht bricht sich funkelnd in der Wölbung seines Helms, unter dem schwarze Locken hervorquellen. Der Federbusch der Helmzier prangt in allen Farben, das bunte Band an der mächtigen Lanze flattert im Wind, und die Schabracke des Rosses glitzert im strahlenden Blau des wolkenlosen Himmels. Stählern hallen die Schläge der Hufe, und jubelnd ertönt der Gesang des Ritters beim Anblick der Türme von Camelot.

Da hält es das Fräulein von Shalott nicht länger an ihrem Webstuhl. Mit drei schnellen Schritten ist sie beim Fenster. Nichts auf der Welt kann sie mehr davon abhalten, sich dem Anblick dieses Ritters hinzugeben, der dort im funkelnden Glanz seiner Rüstung der Stadt Camelot entgegengaloppiert. Doch kaum erschaut sie den edlen Ritter und die Zinnen von Camelot, da zerbricht hinter ihr klirrend der Spiegel, und das farbenprächtige Schleiergewebe zergeht in der Sonne. Da weiß das Fräulein von Shalott, daß der Fluch sich erfüllen wird.

Ein furchtbarer Sturm erhebt sich und wirbelt
das Laub von den Bäumen. Regen peitscht vom
Himmel herab und verbirgt ihrem Blick das
türmereiche Camelot. Wie im Traum geht sie
hinunter zum Fluß. Dort liegt an einem
Weidenbaum ein Boot, und an den weißen
Bug schreibt sie: *Das Fräulein von Shalott.*

Sie steigt in das Boot, und es treibt hinaus auf den Fluß. Ihr Blick ist auf das Dunkel des Wassers gerichtet. Noch einmal erhebt sie den Kopf und blickt in die Welt, die sie nie hatte erschauen dürfen. Und die Wasser des Flusses tragen sie davon. Aufrecht steht sie im Boot, umwallt von ihrem weißen Gewand, und die wirbelnden Blätter fallen auf sie herab, während das Boot dem türmereichen Camelot entgegentreibt. Es wird dunkel, und die Nacht bricht herein. Die Leute am Ufer und auf der Straße vernehmen den seltsamen, berückenden Gesang des Fräuleins von Shalott.

Weithin ertönt ihr Lied, so weich und schön
und doch so schmerzensreich.

Als das Boot durch die Rundbogen einer mächtigen Brücke an den ersten Häusern der Stadt vorübertreibt, sinkt das Fräulein von Shalott mit dem letzten Hauch ihres Liedes nieder. An der Ufermauer strömen die Leute zusammen, Ritter und Bürger, edle Herren und Damen, und lesen die Inschrift am Bug des Bootes: *Das Fräulein von Shalott.*

Im lichterfüllten Schloß des Königs erstirbt das laute Lärmen der Tafelrunde,
und die Ritter bekreuzigen sich ahnungsvoll. Sie eilen hinaus und treten zu dem Boot.
Gedankenverloren blickt der edle Ritter Lanzelot auf sie hinab und sagt, ergriffen
von so viel Schönheit: »*O Herr, in Deiner Gnade erbarme Dich des Fräuleins
von Shalott.*«

Von Bernadette Watts gibt es ein weiteres Peters-Bilderbuch:
»Der kleine Flötenspieler«

© 1976 by Dr. Hans Peters Verlag, Hanau, für die deutsche Ausgabe
© 1966 by Bernadette Watts für die Illustrationen
Veröffentlicht mit freundlicher Genehmigung von Dobson Books Ltd., London
Alle Rechte vorbehalten
Printed in Switzerland by Walter-Druck, Olten
ISBN 3-87627-855-4